UNE CLÉ ROSE EN PLÂTRE

UNE CLÉ ROSE EN PLÂTRE

GAËTAN R.

Dépôt légal : août 2024.
ISBN : 9798334599734

À ma Pépite

Ce livre est une œuvre d'autofiction. Les noms, les personnages, les lieux et les incidents sont le produit de l'imagination de l'auteur et/ou sont utilisés de manière fictive. Bien que certaines expériences et certains personnages soient inspirés de la vie réelle de l'auteur, ils ont été transformés par le processus de création littéraire et ne doivent pas être pris comme des représentations factuelles.

AVANT-PROPOS

•

Ce récit explore, à sa façon, quelques scènes d'une vie partagée avec autrui. Ces quelques portraits décrits par ici ne sont toutefois pas garantis sans aucune ineptie. Si quelques-uns vous semblent clairement définis, leurs actes sont parfois imprécis ; et si d'autres vous paraissent bien établis, ils ne sont que parfaites alchimies de multiples parties, sans aucune hiérarchie ni chronologie. Si les faits sont réels, l'effet l'est aussi, mais rien n'est factuel dans toutes ces péripéties. Si les mots par endroits sonnent cruels, ce ne serait que fortuit et à bien écouter certains d'eux, d'autres pourraient se faire entendre au milieu.

Merci à ceux et celles qui sont passées par ici ; merci à ceux et celles qui ont construit ce qui suit ; merci à vous aussi.

CHAPITRE 0

• Venue de nulle part •

« Tiens, voici ta clé rose en plâtre, m'annonce solennellement le Grand Cerf-Vologue.

— Pardon ?

— Mais je t'en prie !

— D'accord, mais pourquoi me donnez-vous cette clé… qu'ouvre-t-elle exactement ?

— Excellente question !

— Merci.

— Mais je t'en prie.

— Vous n'avez aucune réponse, n'est-ce pas ?

— Effectivement… et je ne t'ai rien donné non plus, cela fait plusieurs années que tu la traînes avec toi ; tu ne l'avais simplement pas remarquée… »

Cette clé rose en plâtre n'aurait donc de rose que le nom puisqu'elle s'avère résolument invisible aux yeux du monde. Invisible et probablement inutile.

« Elle est déjà bien imposante ; telle une plante grimpante dont la dernière poussée ne te laisse que peu d'espace pour avancer… Cela m'étonne de te voir ainsi sur pied.

— Mes mains tremblent parfois et la fatigue est comme un poids trop lourd à porter… Serait-ce lié ?

— Il y a fort à le parier en effet ; malgré tous ces clichés, tu sembles pourtant si bien la porter. »

Ma confusion grandit davantage. Comment cette clé rose en plâtre qui serait mienne, plantée là à faire des siennes, pourrait-elle m'empêcher et tout renverser ? Ce froid m'échauffe et la chaleur m'est effroi.

« Ta clé rose en plâtre est très fragile, reprend le Grand Cerf-Vologue, sans manipulation adaptée, elle pourrait te briser d'ici une dizaine d'années.

— Elle me brisera, murmuré-je, et avec une manipulation adaptée ?

— Elle te brisera à l'évidence… mais tu pourrais gagner une seconde dizaine, c'est à prendre ou à laisser.

— À prendre ou à laisser, répété-je, cela sonne comme une menace… Y a-t-il autre chose à savoir ?

— Effectivement, aucune manipulation n'est anodine et cela pourrait être… »

Le Grand Cerf-Vologue ne termine pas son propos ; il me fixe avec insistance comme s'il attendait ma décision.

« Merci, je vais prendre en considération toutes ces informations, lui acquiescé-je.

— Mais je t'en prie. »

Seulement quelques semaines après la fin d'un monde, une nouvelle fin se dessine. La décision est mienne, l'annonce l'est tout autant. Que faire ? Dois-je m'enfuir, disparaître sans rien dire ; dois-je tout pourrir, sans espoir à offrir ; dois-je m'introvertir, pour tout maintenir. Cette clé rose en plâtre ne se voit pas mais sa présence est déjà bien pesante et aucun hendécasyllabe – ces alexandrins auxquels il manque un pied – ne saura y remédier.

CHAPITRE -1

• Moins c'est plus •

« Pour donner vie à vos dessins, tout n'est qu'une question de clés et d'ancres ! leur dis-je avec enthousiasme.

— Ah… et si l'on souhaite accélérer le mouvement ? me quémande-t-on.

— Il suffit de rapprocher les clés, la durée sera réduite et obligera le mouvement à s'effectuer plus vite.

— D'accord… il faut donc trouver le bon rythme dans ce cas !

— Exactement, c'est ici toute la difficulté de l'exercice : ni trop vite, ni trop lentement et surtout, ne jamais trop en faire, restez simple dans vos réalisations pour mieux servir vos intentions. »

Ces sages paroles ne sont que trop rarement appliquées. En rajouter donne souvent la sensation de mieux s'exécuter et à trop tirer sur la corde, elle finit par céder. Si la passion est vie, l'excès de passion serait donc excès de vie ; qu'aurions-nous à gagner au-delà de celle-ci ?

Créer m'anime, particulièrement lorsqu'il s'agit d'images. Images que j'aime animer, comme pour leur donner vie et conter ainsi leurs histoires. Le faire au pixel près, à tout prix, quitte à m'en détruire. Comme une faim sans fin, je veux créer à l'infini, multiplier les supports et les styles, les diffuser au plus grand nombre et générer l'émotion.

Cette course à la création n'est toutefois pas sans répercussion. Une, puis deux voire trois ou quatre activités dans la même journée, plusieurs journées d'affilée, sans perdre de temps à se reposer, pensant le faire plus tard jusqu'à ce que plus tard devienne trop tard. Par nécessité ou par envie, parfois les deux, on s'abîme à trop vivre l'instant présent. Tant pis pour les débris laissés par ici ; tant pis s'ils finissent par constituer, petit à petit, une clé rose en plâtre.

CHAPITRE 1.1

• Imprévisible •

« Viens, on t'embarque ! m'ordonne Petit Renard.

— Hein ? rétorqué-je à cette surprise. Et on va où comme ça ?

— Tu verras bien ! poursuit Petit Frère.

— Et que fait-on de ma clé ? demandé-je avec crainte.

— Garde-la en toi, ne… surtout ne te bride pas, me souffle Petite d'Ourse.

— Tu ne viens pas Petite Chouette ? »

Le temps d'entendre sa réponse ne s'attend pas, supposant donc qu'elle ne viendra pas. C'est ainsi que l'on me capture, à quatre dans la voiture, direction l'aventure. Mais me voilà entre deux eaux à cet instant : l'enthousiasme certain d'une virée amicale longtemps espérée et l'angoisse réelle d'une issue fatale tant redoutée.

« Oublions ta clé un instant tu veux bien ? me propose Petit Renard sans retenue.

— Comment veux-tu ? lui dis-je.

— Non en effet… c'est juste que… on va essayer te la faire oublier un peu, me rassure Petite d'Ourse.

— Tranquille… profite et repose-toi le temps du trajet, me propose Petit Frère.

— Je… d'accord, je vous fais confiance alors. » terminé-je sans y arriver entièrement.

Rares sont les temps où j'ai délégué ; je ne me sens bien qu'à contrôler l'ensemble de mes projets, principalement pour ne pas avoir à reprocher aux autres mon exigence mal placée. Et si je me trouve toujours dans les premières places pour proposer mon aide, rares sont les temps où j'ai profité du service des autres, principalement pour ne pas avoir à redevoir. À cet instant, je ne suis pas au volant, je ne sais pas où veulent m'emmener ces gens ; pourquoi est-ce si difficile de me laisser guider ?

« C'est encore loin ? demandé-je comme ces enfants impatients.
— Oui je le crains, encore quelques heures et plusieurs tracés en lacets sur la fin du trajet.
— En lacets… on va donc prendre de la hauteur ? » supposé-je avec joie.

Quelques heures plus tard, quelques hectomètres plus haut, nous voilà au centre de tous ces sommets, parmi les plus hauts de toutes les contrées. Comme les embruns, la brume fraîche du lac apaise mes craintes et pose le cadre du pacte qui se dessine ici. Le poids de ma clé semble ainsi s'alléger.

« Je nous ai trouvé un coin reculé où nous poser, loin de tout mauvais côté, un petit centre désaffecté pour l'été… rien que pour nous quatre, annonce Petit Renard.
— C'est magnifique ici, merci ! » murmuré-je les yeux trempés.

Passons quelques jours ici, loin de l'embarras, à presque l'oublier… cette clé rose en plâtre. Pas sans oublier ce grand jour qui m'attendra, ce grand moment avec Petite Chouette.

CHAPITRE 1.2

• Un fait d'eux •

« Petite Chouette, tu es prête ? lui demandé-je avec inquiétude.
— Bien sûr, je le suis ! me répond-elle sans douter.
— Tu n'as pas peur ? poursuis-je.
— Si, je suis effrayée, me confie-t-elle.
— Oui, je le suis aussi.
— Oui, je le sais et ne t'inquiète pas, nous allons trouver une porte à ouvrir avec cette clé rose en plâtre. »

Existe-t-elle seulement, cette porte. Existe-t-il des portes fermées sans clé et des clés sans porte à libérer. La seule certitude est que je porte une clé rose en plâtre, sans aucun espoir de m'en débarrasser. Une clé rose en plâtre ne s'abandonne pas, nous pouvons tout au mieux l'ignorer mais sans jamais véritablement l'oublier. Une clé rose en plâtre ne se partage pas non plus puisqu'elle ne se voit d'aucune manière. Seule sa charge peut être soulagée, si les bonnes personnes nous entourent. En compagnie des bonnes personnes, cette clé rose en plâtre semble peu pesante, comme disparue. Les autres personnes restent à éviter, autant que faire se peut.

« Toutes mes félicitations pour ce grand jour mon enfant !
— Merci Maman, passes-tu un agréable moment ?
— Oui, c'est assez intéressant de vous célébrer ainsi, en tout petit comité, me fait-elle remarquer.

— Oui… cette observation est très intéressante également, lui rétorqué-je.

— Et cette clé rouge en brique, tu sais comment la manipuler ?

— Non, Maman, pas encore, lui dis-je sans la reprendre sur sa confusion quant à la couleur et la matière de ma clé, cela risque malheureusement de se compliquer.

— Mince, j'ai pourtant une amie pour qui tout se passe bien.

— Oui, chaque clé a sa particularité, elles n'ont de commun que leur nom. »

L'invisible reste impossible à percevoir et tout effort de matérialisation serait vain. L'injustice de cette notion reste notablement difficile à accepter.

CHAPITRE 2

• Lendemains •

« Qu'est-ce que l'on est bien ici, tu ne trouves pas Petite Chouette ?

— Si, et regarde toutes ces personnes, toutes très différentes et pourtant unies !

— Elles donnent toutes le sentiment d'être ici chez nous alors que nous sommes des étrangers, c'est agréable de ne pas sentir le poids de leurs regards, tu ne trouves pas Petite Chouette ?

— Si, car seul le Roi est regardé, elles célèbrent la fin de son règne et le don du trône à l'héritier.

— Célébrer une fin pour mieux accueillir le nouvel État, n'est-ce pas inspirant Petite Chouette ?

— Si, mais cela ne s'avère pas toujours envisageable. »

Nous ne sommes pas chez nous, nous avons simplement le sentiment d'y être. Comme une réalité à nos yeux, comme une illusion peut-être. Qu'importe ! Profitons de ce mirage le temps d'un instant, le temps de cette lune seulement – de celles un peu sucrées – et ne pensons pas à la suite pour le moment. Laissons ce moment traîner ; laissons nos pieds nous guider dans ces provinces éloignées ; laissons-nous nous mélanger dans ces fûts enchantés ; laissons-nous nous capturer par ces ports estropiés ; traversons ce plat pays et laissons nos soucis au nid ; ouvrons notre esprit et laissons entrer cette magie. Tant pis pour cette clé, tant pis si j'y perds un peu de vie.

« Tout est différent, tout paraît magique !

— Sans doute, tout semble être bien à sa place, nous y compris.

— Pouvons-nous seulement imaginer nous y construire un nid ?

— Rien n'est impossible, le souhaitons-nous réellement ? »

Certaines impressions ne sont le fruit que d'un instant. Tenter de les prolonger risquerait de tout briser, jusqu'à leurs souvenirs. La nostalgie reste préférable à la rancune.

« La route est longue, profitons-en pour quelques détours, lui proposé-je.

— Bonne idée, cela ne fera que prolonger notre aventure ! dit-elle ravie.

— Que dis-tu de passer par ces côtes fleuries, au Nord d'ici ? »

Nous avons perdu notre chemin tant de fois pour mieux nous retrouver. Toujours aucune porte à ouvrir mais tellement de rires. Ces quelques grammes d'instantanés, capturés sans objectif, très bien imprimés. Aurons-nous mieux à exprimer ?

CHAPITRE 3

• Cheval de Troie •

« Ces manipulations sont les seules probantes pour contenir ta clé rose en plâtre, m'affirme le Grand Cerf-Vologue.

— D'accord, mais… pour quelles raisons ne sont-elles pas anodines déjà ?

— Excellente question !

— Merci.

— Mais je t'en prie. »

Le silence s'installe dans le sombre cabinet du Grand Cerf-Vologue. Seul le panneau lumineux radie les lieux, celui-là même sur lequel sont disposés les négatifs de mon triste intérieur. Le temps semble ralentir, s'alourdir. Mon regard ne croise plus le sien, comme cherchant ailleurs une réponse, sans aucune fenêtre pour la trouver. Pourtant, toute question mérite d'en avoir une.

« Les résultats sont positifs, poursuit le Grand Cerf-Vologue.

— C'est une bonne nouvelle, n'est-ce pas ?

— Non, ce n'est pas le cas. »

De nouveau le silence qui me laisse le temps à l'analyse. Si des résultats positifs ne sont pas positifs, alors par logique, ceux-ci s'annulent et deviennent nuls par l'absence de bénéfice. Serais-je alors le résultat d'analyses positives qui s'annulent et deviennent nulles ; ne serais-je rien de bien ?

« Ces résultats positifs indiquent la présence d'un invité non désiré, explique le Grand Cerf-Vologue.

— Un invité, répété-je avec panique, qui est-ce… que me veut-il ?

— Jean Carne reste cependant assez discret, il papillonne légèrement sans jamais réellement déranger son hôte.

— D'accord… donc tout va pour le mieux, n'est-ce pas ?

— Non, pas exactement. »

Le silence entre une dernière fois et me souffle une multitude d'images de ce JC. Comment s'est-il invité et quel est son dessein.

« Qu'est-il venu me prendre exactement ?

— Il ne te prendra rien s'il n'est pas réveillé, tente de me rassurer le Grand Cerf-Vologue.

— Et pour quel motif ne serait-il plus endormi ?

— Ces manipulations pourraient le démanger et pour lui, la faim arriverait.

— D'accord… et de quoi se nourrit-il ? demandé-je non sans crainte.

— Il se nourrirait alors de ton esprit, si cela venait à arriver. »

Sa faim sonnerait alors ma propre fin. Le Grand Cerf-Vologue paraît malgré tout confiant quant à la réussite de ces manipulations. Il me faut cependant digérer cette situation.

« Existe-t-il d'autres manipulations possibles ? espéré-je à haute voix.

— Oui bien sûr, certes moins dérangeantes donc moins efficaces également, me confie-t-il.

— Oui bien sûr… je comprends parfaitement, lui mens-je.

— Parfait, dans ce cas, la séance est levée.

— Au revoir Grand Cerf-Vologue.

— Adieu, Petit Être. »

CHAPITRE -2.3

• Loin de ce toit •

« Ne pense surtout pas être notre convive ! me hurle-t-il comme le loup qu'il est.

— Cette situation ne m'est pas agréable non plus, lui dis-je, essayant de garder mon calme.

— Ta mère est déjà bien fatiguée avec tout ce qui lui arrive !

— Arrête… je ne suis pas responsable de ses soucis de santé ; personne ne l'est ! » lui fais-je remarquer, la frustration montant en moi.

Jamais il ne m'a semblé me considérer. Toujours avait-il à redire. Jamais il ne semblait satisfait. Toujours n'étais-je capable de rien à ses yeux. Sans doute puisque son nom n'est le mien que depuis leur union, ma mère et lui. Mon statut d'enfant ne restera ainsi qu'une notion abstraite posée à la marge d'un papier de mairie.

« La seule chose à laquelle je t'invite, c'est de payer l'occupation de ton lit, me somme-t-il.

— Tous les biens que tu as pris de mon ancienne vie ne te suffisent donc pas ? lui imploré-je, sentant la colère montée.

— Tu as surtout intérêt à vite retrouver ta besogne !

— Toujours ce même refrain… » me dis-je tout bas pour ne pas relancer ce débat.

Pour ne pas m'attacher davantage à ces lieux, je préfère ne rien y installer d'ambitieux. Un simple plateau sur tréteaux comme bureau et une banquette comme lit suffisent amplement pour le moment. Ma chambre est occupée depuis quelques années… Petit Frère s'y est installé et je ne vais pas l'en déloger, il ne l'a pas mérité. La petite pièce du fond me semble alors tout indiquée pour assurer ma discrétion.

Ainsi, je m'emprisonne sous cette mansarde à la recherche de ma nouvelle vie. Mais par où débuter ? Existe-t-il une recette pour y arriver ? Ai-je seulement tout le nécessaire pour se faire ? Une tasse de doux thé se pose à mes côtés et me ralentit de tout son poids. Pourquoi se lancer dans ce mystère ? Le temps s'écoule et aucune réponse n'en découle.

« Il n'a peut-être pas tort… Sans doute, je devrais arrêter cette fantaisie et me mettre au pli.
— À l'évidence, me répondit le doux thé.
— Tu ne crois plus en moi non plus, c'est cela ?
— À l'évidence, je suis toi… Pose-toi donc la question !
— Tu as raison, je ne crois plus en moi… » finis-je par m'avouer.

Pourtant, d'un mot à l'autre, mes aspirations sont tombées dans l'oreille d'une proche inconnue qui m'invite à vider ma tasse, avec toutes mes questions venues. Il m'est difficile d'y croire ; presque, je m'en méfie. Après tous ces moments perdus, enfin la chance me sourit ?

CHAPITRE -2.2

• Loin du milieu •

« Alors comme ça tu voudrais faire du Cinéma ? m'interroge cette Grande Dame-Blanche d'un ton sec avec sa voix rauque.

— Oui Madame, j'aimerais me raconter des histoires, lui réponds-je naïvement.

— Je vois. »

Nous faisons connaissance autour de cette tasse de thé, assez fort finalement. Les rayons du soleil nous accompagnent timidement ; ils percent difficilement l'épaisse fumée de sa cigarette. La Grande Dame-Blanche conte sa vie sans compter les tours de l'aiguille. Elle me raconte toutes ses péripéties aux quatre coins du globe, son argentique et elle, pour alimenter l'information diffusée sur les ondes. À mon tour je lui résume ma petite existence et lui confie mes rêves. Elle m'observe avec un peu de hauteur et semble juger le moindre de mes maux.

« Le Cinéma est un milieu très hermétique, quasi impénétrable, tu le sais ? m'interrompt-elle.

— Oui… je l'imagine.

— Sans passer par une grande école, celle des Lumières ou celle du Fameux, il te sera difficile d'y entrer, tu le sais ?

— Oui, je me prépare à cette évidence, je pensais trouver une petite porte à crocheter, avec mes essais.

— Tes essais ? Puis-je ? » me réclame-t-elle.

Après quelques minutes à observer silencieusement quelques-unes de mes tentatives, la Grande Dame-Blanche redresse sa tête brusquement et me fixe de ses grands calots tout vert.

« Est-ce que tout va bien ? Est-ce que cela vous plaît ? prié-je
— Toi, tu me plais bien toi ; tu ne manques pas d'audace ! »

La Grande Dame-Blanche prend son téléphone et compose un numéro. Sans me tourner le dos, elle entame une nouvelle discussion sans toutefois m'y inviter. Non sans gêne, je détourne mes yeux, attendant patiemment son retour.

« Tu n'auras point besoin de crocheter de porte, Petit Être ! me lance-t-elle après avoir raccroché.
— Avez-vous une clé à me prêter ? sollicité-je avec intérêt.
— Mieux qu'une clé, une chose qui va te permettre d'avancer : un arbre à cames !
— Un arbre à cames… merci mais comment cela pourrait-il m'aider à me lancer sur ma nouvelle voie ? »

Cette proposition est surprenante. Il faut savoir qu'un arbre à cames est comme le chef d'orchestre d'un moteur thermique. Cette baguette lui donne en effet le bon rythme pour ouvrir et fermer ses soupapes, permettant ainsi à l'air et au carburant d'y entrer, et aux gaz d'échappement d'en sortir ; tout comme le chef d'orchestre dirige ses musiciens quant à l'instant où ils doivent jouer de leurs instruments. Si cette petite pièce mécanique est indispensable à la cinétique, quel en est son intérêt cinématographique ?

« Fais-moi confiance et fonce ! » m'encourage-t-elle avant de la quitter.

Me voilà gentiment dans ce piston, en direction de la capitale, pour y poursuivre mes ambitions.

CHAPITRE -2.1

• Au moins ce lien •

« Terminus du train, tout le monde descend ! » hurlent les grands parleurs de la voiture voyageurs.

Par un heureux hasard, ma destination finale semble être à proximité de la gare Mon Panard. Sans hésiter, je continue donc à pied pour me laisser le temps de souffler. Après le quart d'une heure de balade dans ce quartier, dans cette sérénade de toutes les couleurs de voix, de toutes les hauteurs de toits, me voilà devant la fameuse porte, située à la moitié de la rue des Mots Rions. Cette devanture de boulangerie accueille dans sa vitrine quelques antiquités du septième art qui ne font aucun doute quant à ma destinée. Aucune sonnette sur cette porte… l'entrée semble libre comme m'invitant à l'ouvrir et à briser le silence.

« Bonjour ! Il y a quelqu'un ? interpellé-je dans le vide.
— Oui un instant, j'arrive… » me répond une forte voix.

Doucement, une ombre se dessine au fond du couloir qui poursuit l'entrée. Elle m'impressionne autant qu'elle m'attire… j'en ai peur mais je ne peux plus m'enfuir. Au fond de moi, j'ai la conviction d'avoir trouvé le bon endroit… malgré ce doute qui me garde à l'étroit. Il me faut contenir mon émoi, m'assumer enfin. La sombre silhouette s'approche et se distingue, se présente à moi… un autre Grand Loup, Gris celui-ci !

« Bonjour, comment vas-tu ? me demande-t-il

— Très bien, merci… lui réponds-je timidement.

— Nous attendions ton arrivée, viens, ne reste pas là, je vais te présenter au reste de l'équipe ! »

Le reste de l'équipe… cela signifie donc que j'en suis une partie ? Ainsi, chaque membre m'accueille comme si j'étais déjà de ce groupe. Serait-ce cela, la confiance ? Cela m'impressionne, cela me touche profondément de recevoir enfin ce traitement. D'abord j'observe, quelques temps, ensuite je propose, rapidement, enfin je crée et parfois je corrige et recommence, jusqu'à pondre ce fameux pixel parfait.

« Merci tout le monde, super journée, très bon travail ; coupons les moteurs pour aujourd'hui, laissons respirer ces arbres à cames pour la nuit ! » nous clame-t-il le soir tombé.

Avant de partir, il me jette son regard et ferme un œil ; je lui souris en retour pour le remercier à mon tour. Il s'approche de moi et me tend la main.

« Tu reviens, n'est-ce pas ! m'affirme-il sans détour.

— Bien sûr, avec joie… merci beaucoup !

— Merci à toi, alors à demain ! »

Beaucoup de lendemains, beaucoup de pixels parfaitement animés ; ces moteurs me font avancer mais toujours aucune reconnaissance de l'autre côté, celui de l'autre loup dont je ne suis qu'à moitié l'enfant. Que lui faut-il pour m'approuver ? Que me faut-il pour m'assumer ? Est-ce qu'une reconnaissance académique aurait gain de cause ? Pas celle des Lumières ni celle du Fameux, bien trop inaccessibles… Je dois en chercher une plus petite, comme un entre deux. Non sans tristesse, je me dois de repartir, quitter mon pari et me diriger vers la ville d'Antre-d'Eux, cette cité royale au centre du pays où je trouverai ma clé.

CHAPITRE 4

• Âcre sans goût •

« Ce n'est absolument pas normal, son corps ne devrait pas du tout réagir de la sorte avec cette manipulation ! constate la spécialiste.

— Que devons-nous faire alors ? réclame Petite Chouette, paniquée.

— Il n'y a malheureusement rien à faire, la manipulation s'est déjà exécutée… Nous ne pouvons plus rien y changer désormais, autrement qu'espérer.

— Comment avez-vous pu laisser se faire cette atrocité, regardez sa détresse !

— Toutes mes excuses… C'est bien là, la toute première fois que cette manipulation déclenche ce type de réaction, explique la spécialiste, confuse.

— N'était-ce pas censé soulager sa vie de cette clé rose… espère-t-elle résignée, son état semble s'être lourdement détérioré depuis votre manipulation ; cette situation est inacceptable.

— Vous avez raison, c'est inacceptable et veuillez croire en mes sincères regrets, confie la spécialiste.

— Comment des spécialistes comme vous peuvent engendrer un tel supplice… Vous ne pouvez pas lui infliger cette peine, pas tous les jours, ce n'est pas juste !

— En effet, vous avez entièrement raison, je dois toutefois en informer le Grand Cerf-Vologue.

— Tiens bon ! » me dit Petite Chouette, rassurante.

Aux premières poussées de dents jusqu'aux disparitions des plus proches, aux accidents de parcours jusqu'aux ruptures de vie, des coups et des maux, toute personne risque d'en faire l'expérience au cours de son existence. Si les maux de l'esprit font certainement partie des plus compliqués à surmonter, les maux du corps peuvent parfois se montrer bien difficiles à supporter. Le pire semble, alors, la rencontre de ces deux natures, où plus rien ne nous maintient. Comment ces manipulations contrôlées ont-elles pu faire naître ce chaos-là.

« C'est assez troublant, cela n'aurait pas dû se produire en effet, affirme sans conviction, depuis son cabinet, le Grand Cerf-Vologue via le combiné.

— Que faisons-nous ? lui demande la spécialiste.

— Je crains qu'il n'y ait plus rien à faire pour ce Petit Être, il nous faut l'abandonner. »

Tout se termine ainsi, aussi simplement que l'on descend sur le quai, on me laisse vaquer, sans guide ni laquais. Sans aucune manipulation : aucune raison de réveiller l'invité ; certes, aucune raison non plus d'espérer l'oublier, cette clé rose en plâtre. Cette chose, invisible en moi, me rendra invisible aux autres. Que vais-je devenir ?

CHAPITRE -3

• La vie moins toi •

« Tu n'es pas croyable, est-ce que cela t'arrive d'assumer un choix, ou l'autre ? me demande-t-elle, furieuse.

— Je… je ne sais pas, ma Mouette, bredouillé-je sans comprendre les raisons de cette attaque.

— C'est bien ce que je pensais, tu es incapable de prendre une quelconque décision !

— Ce n'est pas vrai ! rétorqué-je violemment, je voulais simplement te faire plaisir ; je voulais surtout ne froisser personne, lui avoué-je tout bas.

— Oui et c'est bien ce que je te reproche, me dit-elle, je ne souhaite plus subir ton fardeau, je ne veux plus être accompagnée d'une âme creuse qui ne m'apporte rien d'autre que l'analyse froide et insipide de ma propre vie.

— Que souhaites-tu alors ? imploré-je avec résignation.

— Tu recommences, mais assume-toi je t'en prie… Arrête de vouloir toujours plaire à tout le monde ; prends le risque de choquer ! »

Que me veut-elle… que je retourne à mes démons et me questionne sur mes envies, sur ma vie… ai-je seulement l'envie de vivre – ainsi – de penser à moi ? Après tout, puisque celui qui a fécondé ma mère n'a pas souhaité ma venue, comment pourrai-je me la justifier ? Quant à celui qui l'a remplacé, il ne l'a pas mieux maintenue… Mes pensées se sont perdues.

« Dis-moi, ma Mouette, est-ce que tu m'aimes encore ? osé-je lui demander en pleurs.

— Est-ce que tu t'aimes aussi ? me répond-elle sèchement.

— Je ne pense pas, tu as raison.

— Alors je ne pense plus t'aimer non plus... » termine-t-elle.

Tout se termine ainsi, sans doute est-ce préférable, non pas sur la forme, mais dans le fond elle a certainement raison : je dois me recentrer et ne plus dépendre d'autrui ; gagner ici en autonomie ; revenir à mes envies, celles que j'avais étant enfant. Ma Mouette a raison, je me dois d'arrêter de vivre... uniquement pour celles et ceux qui m'entourent. Il me faut m'affirmer pour mieux me préserver.

CHAPITRE 5

• Sans queue ni tête •

« J'ai tout quitté pour être ici et j'adore ce que je fais… mais comprenez que tout ceci n'est désormais plus convenable dans ma situation… avec cette clé rose en plâtre comme prison.

— Je l'entends bien, hélas je n'y peux rien, croyez-moi, me répond la Grande Corne-Œil, qui me reçoit en entretien.

— Ce n'est pas ce qui m'a été rapporté, lui-rétorqué-je dans un profond agacement, je le sais, on nous l'a annoncé, un poste a été créé pour votre établissement de la ville d'Antre-d'Eux.

— Il est vrai, comprenez toutefois que ce poste n'est plus, il a été livré au dernier venu, celui de l'autre secteur, m'informe-t-elle sans réserve, croyez-en mon embarras de vous l'annoncer ainsi.

— Pourtant je ne peux poursuivre en l'état, je m'y refuse en tout cas… Je voudrais, pour une fois, prendre soin de moi.

— Je l'entends bien, croyez-moi, accuse-t-elle brièvement.

— Et votre quota, vous ne l'avez pas atteint, n'est-ce pas ?

— Rassurez-vous, ce n'est pas un problème… nous avons des dérogations ; inutile de jouer au martyr, m'accuse-t-elle.

— Parce que vous pensez que c'est un jeu peut-être ? lui balancé-je avec mélancolie. D'ailleurs… je suis presque la seule personne à intervenir dans cette section, que va-t-il advenir des élèves après de ma démission ?

— Ce ne sera pas un problème non plus et encore moins le vôtre. » m'affirme-t-elle froidement, comme pour me rappeler qu'elle dirige seule ces bâtiments.

Tout se termine ainsi, sans la possibilité de remercier les équipes, ni de m'excuser auprès des disciples. Toutefois, je n'ai pas à m'excuser quant à ma condition. Certes, cette clé rose en plâtre ne m'a pas ouvert cette porte mais elle n'a pas fermé non plus cette salle d'attente ; elle m'offre au contraire une certaine liberté, celle de retourner à côté.

« Qu'allons-nous faire ? me demande Petite Chouette.

— Je ne sais pas, je sais toutefois ce que je ne ferai pas.

— Partons de cet endroit où tout s'est déclaré… Où tout s'est écroulé, m'implore-t-elle, revenons sur nos pas, retrouvons notre place du côté de Joyeuse-sur-Vie.

— Oui, passons le pont une nouvelle fois, tu as raison, prenons soin de nous cette fois ! » lui proposé-je à mon tour.

CHAPITRE -4

• Minuit moins le quart •

« Pourquoi mon ami ?! Pourquoi toi ? Pourquoi maintenant ? Pourquoi… comment ? »

Une nouvelle fois, la terre s'ouvre et le ciel tremble autour de moi. Cette nouvelle fois, elle frappe fort et tout proche de moi. Comme l'autre fois, impossible d'y faire quoique ce soit. Mais cette fois, elle prend sans tarder, après seulement quelques mois. Encore une fois, c'est ce Petit Crabe sournois. Celui-là même qui l'avait déjà emportée, Mamie. Ce Petit Crabe est en train de ravager mes derniers souvenirs de lui.

« Maman ?

— Oui mon enfant ?

— Cela s'en est fini, il est parti… le Petit Crabe en lui l'a pourri…

— Oh non… viens dans mes bras, me réconforte-t-elle.

— Tous nos projets… tous ces pixels à aligner, à présent tous envolés… aurais-je seulement la force… aurais-je l'envie de les mener sans lui ?

— Il restera avec toi, dans ton cœur, me rassure-t-elle.

— Non… il n'est plus…

— Oui… je suis désolée…

— Non… je refuse qu'il en soit ainsi… cela ne peut pas se terminer ici… non ! »

Tout se termine ici, au bord de cette falaise, loin de chez lui, où ses dernières poussières volent vers l'océan. Ici – comme un pacte avec moi-même – je lui fais la promesse de vivre pour lui, de vivre tous ces moments dont il ne pourra pas se souvenir ; de vivre tout ce qu'il ne pourra plus ressentir… plus jamais. Je lui fais ce serment, au risque peut-être de ne plus être capable de vivre pour moi uniquement. Je te donne ma parole pour ne pas t'oublier… mon ami.

CHAPITRE 6

• Sismique •

« Cela ne peut plus durer, je ne peux plus avancer… » me dis-je enfin, comme une évidence devenue trop difficile à dissimuler : il me faut tout abandonner ; me libérer de ce fardeau qui me ronge ; mettre la clé sous la porte de ce bureau bien trop animé ; vider ce petit Café… quoi qu'il m'en coûte, je dois me préserver.

L'effondrement du dernier pilier de Petite Chouette n'a que précipité cette vérité étouffée. Son sursis s'est déroulé sans nous épargner ; l'énergie nous manque désormais.

« Que fais-tu ? me soumet-elle de sa voix hésitante.

— Rien de particulier, je réfléchissais… lui réponds-je par automatisme.

— À quoi réfléchissais-tu ?

— Je me perds dans mes pensées…

— Tu veux bien me prendre dans tes bras ?

— Bien sûr Petite Chouette… excuse-moi, je t'ai laissée seule, supposant que tu en avais besoin.

— J'ai besoin de toi maintenant… » me dit-elle en s'effondrant de fatigue également.

Assister, sans puissance, à l'érosion progressive et fatale de son dernier pilier résumait ces derniers moments passés, de loin les plus éprouvants. Comment nous reconstruire à présent, avec cette clé qui lui a été léguée ?

« Qu'allons-nous devenir ? lui demandé-je solennellement.

— Aucune idée, je ne veux pas y penser…

— Oui, pardonne-moi… je sens que nous perdons le contrôle et cela m'effraie.

— Il n'y a plus rien à contrôler, c'en est terminé, tout s'est effondré… encore une fois. » me confie-t-elle, résignée.

Au mépris de toutes ses fissures, son dernier pilier nous offrait un semblant d'équilibre, l'illusion d'une vie stable pourtant bien dépouillée. Sans doute fallait-il achever cette fausse réalité. Sans doute fallait-il pousser cette désolation sur toutes nos ambitions. Sans doute fallait-il évincer toutes nos idées passées.

« Quelques instants avant sa chute, il m'a prié de voir sa descendance… lui avoué-je.

— Mais… comment, pourquoi… il n'y en a aucune de notre côté ! me répond-elle d'une voix affolée.

— Oui je le sais, nous lui avions simplement dit que nous en avions le projet.

— Mais… pourquoi, comment avons-nous pu croire que nous en aurions le temps et la force ?

— Peu importe, il en était persuadé. » lui dis-je tout en la serrant contre moi.

Tout se termine ici, tout semble détruit, une nouvelle fois. Toutefois, les fondations persistent et nous reposent. Sans doute pour mieux se rebâtir, sans doute pour mieux nous reconstruire. Cherchons alors de nouveaux matériaux et tentons d'éblouir au mieux ce nouvel avenir.

« Il nous faut oublier tout ce que nous avons entrepris aussi.

— Oui, il nous faut arrêter toutes ces jolies lubies. » sommes-nous promis.

CHAPITRE 7

• S'il s'était écrit •

« Chers Parents bien aimés, je vous écris ces mots
Pour vous manifester cette affection réelle,
Même sans cœur ni sang, inconditionnelle,
Mon amour ascendant, sans aucun de ces maux.

Ma très chère Maman, laisse ce lourd fardeau,
Avance droit devant, tout comme l'étincelle
Qui déclenche les feux, relance de plus belle
Ce dessein fabuleux, qui prendra de nouveau.

Quant à toi, tu le sais, de ton mieux tu l'as faite,
Rien en toi n'est cassé, rien de mal ni défaite,
Aussi tôt ou plus tard, ce n'est dû qu'aux hasards.

Mes très chers, mes parents, même s'il vous tourmente
Ce destin transparent, recevez sans attente
Mon amour sans espoir, au-delà des regards. »

Voici la lettre que nous n'avons jamais reçue, Petite Chouette et moi. Voici les mots que nous n'avons jamais entendus, de cette toute Petite Noix… que nous attendions avec joie… que nous espérions arriver, au terme de ces quelques mois.

CHAPITRE 8

• L'un finit et lui commence •

La fin d'une ère est souvent le début d'une nouvelle. Le monde se détruit et se reconstruit perpétuellement, comme si le néant, tel un aimant, engloutissait tout autour de lui. Ce cycle paraît infini, même à notre petite échelle. L'histoire semble se reproduire, se reconstruire, avec simplement de nouvelles approches, de nouvelles variables. En ce sens, je reçois une nouvelle fois l'invitation à me rendre dans ce Poêle en Bois où l'on tente de nous orienter sur de nouvelles voies. Cette fois, c'est la Grande Mère-Lin qui soignera mon dos scié.

« Bonjour à vous, entrez-donc je vous en prie, me dit-elle en m'accueillant dans son bureau.

— Bonjour Madame.

— Ça par exemple, qu'avons-nous là ?

— Comment… vous la voyez ?

— De quoi parlez-vous ?

— Vous voyez ma clé rose en plâtre ?

— Absolument… pas du tout !

— Oh… pardonnez ma méprise, je pensais que…

— Non, je voulais simplement prendre connaissance de l'objet de votre visite.

— Ah… j'ai reçu une convocation pour ne rien vous cacher, lui dis-je les yeux plissés de doute.

— Oui, naturellement, pouvez-vous m'en dire davantage ? »

Après un bref résumé de mes dernières années, après un court exposé sur cette lourde et fragile clé, après quelques autres échanges formellement secondaires, je retourne dans la petite salle où l'on attend sans être patient. Avant que l'ennui n'arrive, je scrute les alentours à la recherche d'une occupation et tombe sur cet imposant ouvrage, posé là, en évidence.

« Un catalogue de nouvelles voies ; voilà ce dont j'ai besoin ! » me dis-je spontanément.

Par chance, la brochure est exceptionnellement bien conçue, elle est compartimentée par univers et constellations. La voie est donc toute tracée ! Je sais ce qui m'anime, je sais ce que j'aime : créer ; bricoler ; bidouiller ; confectionner ; imaginer ; rafistoler et si possible, innover. Mais ces voies ne sont pas les mieux représentées… et certaines briseraient très certainement ma clé. Sans toutefois perdre espoir, je tourne chaque feuillet à la recherche de la prétendue bonne page, sans savoir laquelle… jusqu'à tomber sur elle !

« J'ai trouvé ! crié-je à mon retour dans le bureau sans en avoir reçu l'autorisation.

— Ah oui, déjà, c'est formidable… et qu'avez-vous trouvé ?

— Ma nouvelle voie ; le métier de Logicien semble parfait pour moi !

— Voyez-vous cela… et pourquoi ?

— C'est tout ce qu'il me manquait jusqu'à présent, il me faut maintenant intégrer la logique à tout ce que je sais créer. »

Le temps pour elle de consulter ses propres fiches, après avoir frappé sur son ordinateur pour en sortir des mots appropriés, elle me fixe à nouveau… avec inquiétude cette fois. L'ambiance évolue et n'est pas sans rappeler celle du cabinet du Grand Cerf-Vologue.

« Je vois, je vois… il vous faudra toutefois connaître les ficelles du métier de Tisseur de Toile avant tout, vous savez.

— Ah oui, en effet… et bien je pense en avoir les capacités.

— D'accord, d'accord… cela ne risque-t-il pas de fragiliser davantage votre état déjà bien abîmé ?

— Eh bien… comment le saurais-je si je n'essaie pas ?

— Effectivement… très bien, parfait. Dans ce cas, je vous inscris immédiatement aux épreuves de mise sur voie. » me confirme-t-elle ainsi mon choix.

Ma nouvelle voie est devant moi et celle-ci semble parfaitement s'aligner avec les précédentes, tout en m'offrant une destination certaine. Qu'importe les craintes de Petite Chouette, j'ai hâte de lui faire part de cette annonce. Qu'importe les difficultés présentées, j'ai hâte de me remettre sur les rails.

CHAPITRE 9

• Nouveau venu •

Un bloc tout de vert ;
Des bourrasques qui se lèvent ;
La fin de l'été.

Une foule folle ;
Un fil qui retient sa vie ;
Le chahut du souffle.

Un autre caisson ;
Des lumières qui résonnent ;
La crainte du soir.

Un très long couloir ;
Un petit fauteuil qui roule ;
La joie de le voir.

« Petite Chouette, Pépite se porte mieux, il est bien couvé, lui dis-je, le souffle coupé.

— Merveilleux… mon bébé… je veux le voir…

— Il a besoin de toi… il m'a été confié de t'y amener. »

CHAPITRE -5

• Moins s'inquiéter •

Mes premières années de vie n'étaient pas avec lui, seule Mamie me tenait compagnie, et parfois Maman, après son école. Je me souviens parfaitement de ces moments, non pas entièrement mais quelques scènes seulement, profondément inscrites en moi. Ensemble, dans cette toute petite maison située au numéro seize de la rue Croix Saint-Vincent, celle entourée de champs avec un cerisier planté devant. Humble et modeste demeure, qui a hébergé bien des malheurs et beaucoup de bonheurs. Certes, je n'étais pas d'un grand âge, mais suffisamment – dans ma caboche quoi qu'il en soit – pour comprendre que la situation à venir n'était pas naturelle, qu'il y avait comme un loup.

« Mon petit cœur, je… voici ton Papa ! me dit-elle fermement.

— Bonjour Monsieur… comment tu t'appelles ? » lui demandé-je simplement.

Il ne me répond pas tout de suite, laissant ma mère mener la rencontre. Elle m'explique alors qu'il est mon père, qu'il est allé faire la guerre et qu'il a fui son service militaire – ou l'inverse – durant ces trois dernières années, qui sont également mes trois premières. De sa hauteur, il me prive de lumière. De ses chicots tout pourris, il me sourit. De son air gentil, je me méfie.

« Nous allons vivre ici dorénavant, tous les trois, dans ces petites Maisons Rouges, sous le pont de la Douze » poursuit-elle, comme soulagée.

Je le scrute avec circonspection et esquisse un rictus nerveux, l'air las… là, dans les jupes de Maman. Qui est-il ? Que me veut-il ? C'est quoi exactement, un père ?

« Et Mamie… je veux revoir Mamie ! » lui dis-je avec crainte.

Maman se met à ma hauteur, me parle doucement, gentiment, comme pour me rassurer de ce changement, brusque et poignant. Les heures passent, une touche s'effectue. Les journées passent, une complicité se crée. Les semaines passent, une filiation se fait. Les années passent, une fraternité naît.

« Mon ange, voici ton Petit Frère ! me dit-elle, éprouvée.
— Bonjour toi, comment tu vas ? » le sollicité-je tendrement.

Qui suis-je pour ce Petit Frère ? Suis-je comme un parent ? Saurais-je comment faire ? Les heures passent, un contact se crée. Les journées passent, de la place se fait. Les semaines passent, une absence s'établit, des disputes retentissent et de vilains gestes rebondissent. Rarement d'abord, parfois ensuite et souvent enfin. Bien trop souvent.

« Mon trésor, je… je suis désolée, m'interpelle-t-elle.
— Qu'y-a-t-il Maman ?
— Tu sais… comment te le dire…
— Me dire quoi ? m'impatienté-je.
— Non, je devrais attendre ta majorité… oublie.
— Non, ce n'est pas possible, je ne peux pas oublier sur commande… j'aimerais tellement mais non.
— Oui, tu sais… celui que tu appelles Papa…
— Oui ? »

Elle se tait sur l'instant, comme cherchant à éviter ce moment, comme souhaitant ne rien révéler de décevant.

« Je dois te l'avouer à présent…

— Je t'écoute… tu me fais peur…

— Il ne l'est pas… ce n'est pas ton père… il l'est simplement devenu par la loi, il l'a reconnu, mais il ne le sera jamais par le sang ; tu n'es pas son enfant. »

Cet aveu, je l'attendais comme une clé qui libère des mauvaises idées. Cette injustice s'explique ici, peut-être, mais en rien ne la justifie. Ces coups, ces mots, et ces maux qui en résultent, ceux-là ne doivent pas être là. Cela ne doit pas être le schéma proposé à un enfant, même s'il n'est pas le sien, aussi grand puisse-t-il être, dans sa tête tout du moins. Je ne sais pas qui est mon père, celui de sang j'entends, et je ne sais pas ce qu'est un père finalement. Il me faut tout oublier, mais cela est impossible… il me faut surtout ne jamais reproduire le loup qu'il est.

« Maman…

— Oui mon cœur ? me répond-elle, la voix encore grelottante.

— Qui est mon père ? Il est toujours vivant ?

Prenant une profonde inspiration, elle se pose, prend un grand verre. Elle me fixe et tente maladroitement de me raconter son histoire – notre histoire – celle avant mon arrivée.

« Tu sais, parfois il n'y a pas d'explication… j'étais jeune, trop jeune, et encore à l'école ; il était plus âgé et d'une famille aisée… nos chemins se sont juste croisés. »

Sans être une véritable surprise, cette nouvelle fait naître en moi trop de pensées ; horribles pour certaines… Que s'est-il passé qui nécessite de l'avoir caché tout ce temps ? Qu'a-t-il manqué pour ne pas l'avoir présent à nos côtés ?

« Il t'a fait du mal ?

— Oh non, rassure-toi, enfin pas comme tu le crois ; nous étions terriblement amoureux mais sans pouvoir réellement nous concrétiser… seule notre séparation était douloureuse, mais te garder restait une fin heureuse.

— Maman…

— Oui ?

— Je t'aime. »

De lourdes paroles avant de s'effondrer, dans nos bras, pleurant aussi le récent départ de Mamie… qui n'est plus là.

CHAPITRE 10

• Comme un dièse •

« As-tu d'autres questions ? me demandent le Grand Sang-Lié et son associé le Grand Crin-Hier.

— Non, aucune question mais oserais-je peut-être un aveu, leur confié-je.

— Ah… rien de grave au moins ? s'inquiète immédiatement le Grand Sang-Lié.

— Rien de grave, pour le moment… enfin si sans doute ; disons que je reste dans l'expectative.

— Mais je t'en prie, dis-nous tout ; aies l'assurance de notre intérêt, insiste le Grand Crin-Hier.

— Il y a quelques années, le Grand Cerf-Vologue m'a annoncé que je détenais en moi… une clé rose en plâtre. »

Les deux compères se jettent un air, sans plus de réaction de leur part. L'un d'eux me sourit et me tend sa main. Leur stoïcité apparente me décontenance un peu, j'hésite un court instant, ne comprenant point ce manque d'émotion.

« Oui nous connaissons ça aussi, nous savons ce qu'elle représente… une de nos proches en possède une également, me dit l'un, rassure-toi, ta présence reste la bienvenue évidemment.

— Vous êtes certains, vous ne craignez de rien ? leur demandé-je, non sans méfiance.

— Bien au contraire, vois cette différence comme une force ! » me dit l'autre.

Tout reprend à l'heure, sur ces deux nouveaux rails et si tout se passe pour le mieux, j'arriverais enfin à ma destination, j'occuperais le poste tant convoité de Logicien. Mais il me reste encore quelques toiles à tisser, encore de nombreux fils à tirer, encore plusieurs surfaces à couvrir, avant de prétendre à son occupation… J'y crois cette fois, je m'y vois !

CHAPITRE 11

• Une once de doute •

Comme il est plaisant de voyager sur ces rails. Ils m'offrent l'assurance d'une destination prédéterminée, sur un rythme supposé maîtrisé, sans autre détour, seulement quelques arrêts. Sans pour autant me considérer ferrovipathe – ces personnes passionnées qui pourchassent toute leur vie les trains du monde entier – j'ai une fascination pour ces ingénieuses machines, capables de déplacer des citées entières par leur seule inertie. D'une simple étincelle né ce mouvement de rotation, indispensable au déplacement des wagons ; d'abord doucement puis très vite ensuite. Si simple dans sa réalisation et pourtant si complexe dans sa conception, c'est là toute sa magie : une suite logique d'événements précis, du plus petit au plus imposant.

Ces excursions se font parfois pour le plaisir ; d'autres fois pour la nécessité de se nourrir ; rarement pour les deux à la fois. Cependant, à cet instant, c'est bien cette réalité dans laquelle je pense me trouver. Chaque matin, en toutes saisons, j'embarque dans ce train à destination de Sérieuse-sur-Vie, cette ville miroir à la mienne. J'y vais pour y gagner mon pain tout en appréciant ce destin. J'apprends et j'applique, j'améliore et je corrige ; mon activité se précise et mes travaux se concrétisent. Je n'occupe pas encore le poste de Logicien mais le Grand Sang-Lié, ainsi que le Grand Crin-Hier, me confortent dans ce dessein ; leurs plans semblent tout tracés, j'y vois ma place avec l'itinéraire conseillé.

Tout semble donc se dérouler comme confié, tout est planifié, tout est bien indiqué, comme l'heure sur ma montre bracelet. Mais si les aiguilles tournent à l'infini, les aiguillages restent immobiles dans cette routine. Et si jamais cette trotteuse ralentit ? Si les maillons se resserrent et que ma main se perd ? Si ce trajet me finit ? Que m'arrive-t-il ?

« Votre ticket s'il vous plaît, interrompt-on ma divagation.

— Oui, pardon… qu'y-a-t-il ? demandé-je, l'air sonné.

— Votre ticket, je vous prie, insiste-t-on poliment.

— Bien sûr, veuillez m'excuser… le voici.

— Ah… je suis navré mais celui-ci n'a pas été renouvelé.

— Vraiment ? Comment ? Mais ce doit être une erreur, réponds-je spontanément, non sans inquiétude.

— Non, aucunement ; voyez ici la date inscrite sur le ticket, c'est celle du mois dernier.

— Effectivement… pardonnez-moi je vous prie, il faut croire que j'ai manqué son renouvellement.

— Navré, je me vois dans l'obligation de vous demander de bien vouloir descendre au prochain arrêt.

— Vraiment ? Pourquoi ? Un quelconque arrangement n'est pas envisageable ici ? supplié-je sans espoir.

— Non, je le regrette… cela m'est impossible.

— Très bien… je vous prie de m'excuser pour cet oubli… Quel est le prochain arrêt ?

— La prochaine gare est celle de la ville d'Antre-d'Eux. »

Ma routine s'est brisée là où tout a commencé, il y a fort longtemps. Est-ce seulement le hasard si je me retrouve ici, la voie bloquée ? Est-ce ici le rappel de ma clé abîmée ? Ou suis-je simplement en train de me perdre dans cette nouvelle réalité ? Me faut-il revoir, une nouvelle fois, mes priorités ?

CHAPITRE 12

• Douces heures à venir •

« Je ne m'en sors plus… elle me fait vivre un véritable calvaire ! me dit-elle, dépitée.

— Petite Chouette… je ne sais pas quoi te dire, cela me désole qu'elle ne prenne pas, une nouvelle fois.

— Pourquoi s'acharne-t-elle ainsi ? me demande-t-elle sans réponse attendue. Pourtant tout se passait pour le mieux jusqu'ici.

— Oui, je ne comprends pas non plus… Tu n'arrêtais pas les éloges de celle-ci ; tout se passait bien à priori.

— Oui, et elles étaient sincères… mais depuis la fin du projet, j'ai le sentiment d'être sans cesse sous le feu de ses préjugés.

— As-tu tenté une médiation, avec votre autre collègue… ou même la direction ?

— Non, pas exactement… je ne suis pas certaine d'être apte à y faire face… Je n'ai pas cette force en moi.

— Petite Chouette… excuse-moi, je ne saurais rien dire d'autre que de t'évader… encore une fois.

— Oui, j'y ai pensé, mais depuis que Pépite est avec nous, est-ce raisonnable… Cela ne va-t-il pas détruire notre équilibre encore trop instable ?

— Effectivement, cela ne va pas être simple mais, pour un temps, celui de te retrouver, l'équilibre peut se garder ; ma clé rose en plâtre n'est pas tellement abîmée… je ne le pense pas, je l'espère en tout cas. » finis-je par lui révéler en souhaitant la rassurer, sans tout lui révéler.

Parfois, quand notre environnement ne tient plus, il faut s'en échapper. Parfois, quand notre entourage ne convient plus, il faut s'en détourner. Et lorsque ces deux font défaut, il faut tout réinitialiser. Ceci est certes facile à exprimer ; est-ce si difficile à exécuter ?

« Tu sais Petite Chouette, tu as toujours rêvé d'ouvrir ton salon de thé, lui rappelé-je tendrement.

— Oui mais ce n'était qu'une lubie… tu sais, nous nous étions promis de ne plus les entretenir, me rappelle-t-elle également.

— Oui, sans doute… est-il trop tard cependant ?

— Arrête voyons… ce n'est pas sérieux, comment pourrions-nous maintenant ?

— Tout est quasiment prêt tu sais… nous en avions même trouvé le nom et décliné toute sa graphie… "Petit Chou et Thé", tu t'en souviens ? lui demandé-je avec enthousiasme.

— Arrête je t'en prie… ce ne sera pas possible, tu le sais aussi, me supplie-t-elle.

— C'est possible si l'on veut bien y croire, c'est possible si l'on s'en donne les moyens.

— Arrête… à l'évidence, ça ne fonctionnera jamais ! » finit-elle par m'avouer.

Est-ce tant l'abandon d'une façade que la peur d'un échec qui nous freine dans nos entreprises ? La probabilité d'un échec ne devrait pas nous empêcher. Un échec reste cependant indéfini contrairement à l'échec que l'on détermine. Accueillons un échec comme il se doit, uniquement la preuve d'une tentative. Tentons alors le bonheur, celui qui n'est pas d'apparence. Essayons une nouvelle fois, et une autre encore si besoin… que risque-t-on à chercher la joie ? Que risque-t-on à oser sa voie ?

« Ce ne sera pas facile mais ce sera simple puisque tu sais exactement où t'épanouir désormais.

— Merci… merci de croire en moi et de me soutenir ainsi… pourtant ce devrait être mon rôle, celui de supporter ta clé rose, me confie-t-elle.

— Tu ne pourras jamais réellement la supporter, tu le sais, lui remarqué-je, le mieux que je puisse recevoir est ton bonheur.

— Merci… mais cela reste injuste pour toi.

— Rassure-toi, envole-toi Petite Chouette, tu le mérites ; quitte cette cage d'acier et construit ton nid doré… Pépite et moi te rejoindrons dès que tu l'auras terminé, sois-en certaine ! »

CHAPITRE 13

• Très intrusif •

Les journées passent et les marques se prennent. Les semaines passent et les idées me viennent. Les mois passent et les projets se tiennent. Une nouvelle routine s'installe, de celles que l'on apprécie, à la fois entraînante et confortable, dans laquelle on se blottit. Comme une longue balade en forêt, à la fois accessible et exigeante, dans laquelle on s'autorise quelques haltes pour mieux étudier, voire apprécier, chaque instant passé. Chaque pièce du puzzle semble trouver ici sa place. Le cadre est posé et le paysage se dessine, enfin.

« Nous avons la visite de potentiels investisseurs… me souffle le Grand Crin-Hier.
— D'accord, dois-je présenter quelque chose en particulier ?
— Non… enfin si, peut-être !
— D'accord, je prépare la version bêta de la solution alors !
— Oui, non… accepterais-tu de bien vouloir leur présenter ta clé rose en plâtre ?
— Oui… quoi, comment ? » terminé-je, la tête désorientée.

Mais la requête du Grand Crin-Hier n'était exprimée que pour sa forme puisque les investisseurs lui emboîtent le pas. Un petit groupe de Pieds-Joints, tous très similaires, tous très peu discrets, loin de les avoir dans le même sabot et davantage à les mettre dans le plat si j'en crois ce que j'aperçois.

« Voici notre nouvelle recrue, avec sa clé rose en plâtre, annonce le Grand Crin-Hier pour me présenter.

— Bon… bonjour, je… oui. » bredouillé-je sans contenance.

Les Pieds-Joints entrent dans mon bureau, m'observent sous toutes les coutures. Sans me poser de question, ils se partagent des commentaires à mon sujet et se félicitent de ma présence. Les intrus finissent par s'échapper, me laissant dans ma confuse solitude. Le corps pétrifié, je ne parviens pas immédiatement à reprendre mon activité. Comme un caillou dans ma chaussure, je me heurte à cette situation qui m'oblige à m'arrêter, pour tenter d'y remédier. Mais le mal est fait… et si le caillou s'est échappé, la cicatrice est bien restée.

« Quel était ce cirque ? m'interrogé-je.

— Ta clé rose en plâtre est une vitrine pour eux, comme l'assurance de leur générosité à investir sur ta santé, me répondit le doux thé qui s'était pourtant refroidi jusqu'ici.

— Te revoilà toi… tu n'avais manqué à personne.

— Navré, je reste à ton service, à tes questions surtout. » termine-t-il.

Comme après une agression, je reste immobile, à attendre que la presse finisse de rouler. Comme durant une effraction, je me vide de sens, sans plus rien à donner.

CHAPITRE 14

• Quatorzaine •

Au même moment, bien au-delà de notre horizon, se préparait le couronnement d'une petite ombre menaçante, sur le point de bouleverser nos vies, et d'en voler aussi. L'ombre, discrète au demeurant, s'est soudainement fait connaître, après quelques actes seulement. Progressivement, son emprise se répand. Rapidement, la crainte nous prend. Il apparaît que rien ne saurait arrêter sa déferlante conquête. Rien ne pouvait nous y préparer. Une à une, chaque contrée est alors assiégée, séparée du reste, comme obligée de se refermer. Un à un, chaque lieu est impacté, comme infecté, nous obligeant à tous les déserter.

« Je suis effrayée… me confie Petite Chouette.
— Tout se passera bien. » lui mens-je inconsciemment.

L'ombre continue de se propager, parvenant à s'infiltrer jusque dans les bâtisses les mieux gardées, cheminant vers l'influence de nos têtes dirigeantes et nos voix pensées. Tout est annoncé et son contraire, tout est décrié mais semble se taire. Le monde s'éteint, devient silencieux mais reste bruyant dans nos cœurs. Le monde se déchire et se pleure, laissant derrière lui nos destins. Comme une histoire qui se répète sans en avoir tiré les leçons. Nous sommes en guerre contre ce petit rien qui nous prend tout mais nous ne sommes guère en condition de faire face à tous ces fous.

« Nous devons nous protéger Petite Chouette…

— Oui, recherchons de quoi nous maintenir, me dit-elle avec un semblant d'assurance.

— Qu'allons-nous devenir… Quel avenir pour Pépite ?

— Le meilleur que nous puissions lui offrir, toujours… » me rassure-t-elle.

Ma clé rose en plâtre ne pourra pas résister à cette attaque ; j'en deviens vulnérable. Pourrait-elle seulement nous enfermer, nous sauvegarder de l'extérieur, de celles et ceux qui se meurent.

CHAPITRE 15

• Quintessence •

Comme dans une bulle d'oxygène au fond de l'océan, que la lumière perce péniblement, nous voilà seuls face au changement. Malgré moi, pour mon bien, ma clé rose en plâtre me contraint à me murer, avec les miens. Nous nous renfermons sur nous-même, bien au fond, entre êtres qui s'aiment, pour de bon.

Tout semble plus simple ; tout devient plus lent ; plus rien n'est bruyant ; plus rien ne nous cingle. Dehors pourtant, la panique se répand, sans nous toucher cependant. Apprécions ces instants et qu'importe le changement, nous saurons être méfiants. Courage à celles et ceux qui en souffrent, ce mal n'est plus de mon côté ; je sors ainsi de mon gouffre, même si, à vos yeux, je m'isole. Sachez que certains malheurs font le bonheur de certains. Notre nouvelle routine dévoile des visages et en masque d'autres. Notre nouvel objectif réveille des passions et en brise d'autres. Notre nouvelle vie ouvre certaines portes et en ferme d'autres. Notre nouvelle vue resserre quelques liens et en libère d'autres. Notre nouvel abri brise parfois des murs et en monte d'autres. Notre adaptation au changement se fait ainsi, au détriment d'anciennes lubies, à l'accueil de nouvelles envies.

Cette situation temporaire s'éternise ; certaines vies reprennent sans en être permises. Ce ne sont pas les nôtres ; la clé rose en plâtre ne déverrouille rien face aux autres. Tout va pour le mieux, tant pis pour eux.

CHAPITRE 16.1

• Sans estimer la fin •

Doucement, la lumière semble percer l'ombre installée depuis quelques années maintenant. Toujours présente, toujours mortelle, elle n'effraie plus autant qu'aux premiers jours. Les moins impactés rient désormais davantage de celles et ceux qui se couvraient. La vie se risque à nouveau à respirer cet air toujours infecté et fait germer de nouvelles idées.

« Tu ne peux plus t'enfermer désormais, tu dois revenir au bureau, me dicte le Grand Crin-Hier.

— Très bien… mais je pensais qu'avec ma clé…

— Non, les règles ont changé… on se voit demain, au bureau, m'interrompt-il.

— Ah… oui bien sûr, je vois… d'accord. » bafouillé-je tout juste avant qu'il raccroche.

Tel est le travail mais quelle surprise ; pour quelles raisons souhaitent-ils ma présence ? Cette requête m'angoisse, ont-ils tout oublié de ma situation… ont-ils minimisé ma vulnérabilité face à cette invasion ? Comment décliner leur invitation sans en subir une nouvelle condamnation ? Sinon comment quitter ma maison sans risquer une contamination ?

« Serait-ce toi qui a tout exagéré ? me sonde le doux thé.

— Non, impossible… je ne crois pas… je ne sais plus.

— Tu te perds, encore une fois. »

Le lendemain, Petite Chouette me voit quitter le nid ; elle tente de me rattraper de son regard qui m'exprime toute son inquiétude, de celle que je ne saurais apaiser. Un soupir silencieux puis un geste subtil, comme pour lui dire non, sans un mot pourtant.

« Reviens vite… » me souffle-t-elle sans un son, avant de reprendre sa leçon, avec notre Pépite qu'elle couve du danger.

Avant de sortir, il me faut déployer ce paravent ; celui porté face à soi, censé être notre garant. Ce simple bout de tissu qui serre, sert de barrière, de filtre. Celui-ci laisse filer la vie et retient la mort, à priori. Mais celui-ci freine aussi l'envie et contraint à l'effort. Le porter nous ramène à la réalité du danger toujours présent. L'enlever nous expose à une danse mortelle, davantage que de porter une clé rose en plâtre finalement.

Me voici de retour sur le temps du chemin, ces rails que j'ai longtemps désertés. Cependant, aucune nostalgie ne surpasse ma nervosité. L'ombre menace toujours autant, malgré sa discrétion. Ma clé rose en plâtre pourrait me détruire à chaque instant, à son immersion. Aussi, si la distance est prédéfinie, la durée me semble infinie. Tant de questions me déroutent, me frappent l'esprit. Tout ceci en silence, sans réponse concrète, à fortiori. Me voilà, enfin, la porte est devant moi… elle attend mon pas.

CHAPITRE 16.2

• Ces airs noueux •

« Ah te revoilà, s'exclame le Grand Crin-Hier dès mon arrivée, ça faisait longtemps.

— Oui… bonjour, lui dis-je simplement tout en l'évitant.

— Retire-donc cette mascarade, nous sommes entre nous ici, m'affirme-t-il, indifférent.

— Comment… je m'en excuse, non… ma clé m'y oblige toujours en ces temps…

— Peu importe, installe-toi vite, nous avons une instance dans un instant.

— Oui… d'accord, quel est l'ordre du jour exactement ?

— Quoi, tu ne le sais pas ? C'est embêtant…

— Non… je ne suis pas au courant…

— Avec toutes ces distances, j'ai sûrement oublié de t'y intégrer. » me dit-il sans regret.

Ma tête est encore abasourdie par tout ce vacarme soudain ; je reprends mon souffle, me pose en vain. Que suis-je en train de faire exactement, que suis-je à présent pour le Grand Crin-Hier ? Toujours cette même rengaine qui m'agace éperdument. Pour quelle raison l'éloignement pourrait-il rompre tout contact conscient ? Sauf à me tenir sous surveillance… manque-t-il de confiance ? Oserais-je librement me confier à ce sujet, qui ne lui semble pas en être un finalement… non, probablement.

« Attendons-nous d'autres arrivants ? Il n'y a que nous deux à cet événement ? lui demandé-je naïvement.

— C'est justement l'objet de ta venue, me répond-il assurément.

— L'objet de ma venue… c'est-à-dire ? insisté-je timidement.

— Nous allons en parler, rapidement. »

Toujours aucune réponse et toujours plus de doutes. Il me faut y trouver un sens, j'en ai besoin. Il manque quelque chose par ici, quelques briques peut-être, sans lesquelles ces lignes ne dévoilent pas entièrement le fond. Quelles sont-elles, est-ce à moi de les trouver ? Est-ce à lui de me les donner ? À lui… seul ?

« Où se trouve ton associé ? l'interpellé-je brusquement.

— Justement, c'est aussi…

— L'objet de ma venue, c'est ça ? le coupé-je naturellement.

— Oui, exactement. »

Les briques se présentent finalement et le fond se découvre doucement. Le Grand Sang-Lié est absent depuis tout ce temps… pourquoi, comment ?

« Il s'en est allé, librement, me laissant seul comme exploitant, me dit-il sans soulagement.

— Non… vraiment ? lancé-je avec étonnement. Que s'est-il passé dernièrement ?

— Seulement quelques désistements qui ont révélé ses propres désagréments.

— D'accord, je comprends… il a fui, tout bonnement. »

Tout s'expliquer maintenant… ma venue, son agacement. Pour autant, il y a plus inquiétant. Le Grand Sang-Lié jouait un rôle important, il ne sera plus mon conducteur dorénavant. Que vais-je devenir à présent ? Où vais-je sans lui, sans cet allié, ce confident. Cette voie me semble sans issue, finalement.

CHAPITRE 16.3

• Ses airs de roi •

« Nous allons devoir recruter une nouvelle tête, me confie le Grand Crin-Hier.

— Oui bien sûr… je comprends… recruter une nouvelle tête pour remplacer celle du Grand Sang-Lié.

— Pas exactement…

— Ah non… alors comment ?

— Nous allons recruter un nouvel apprenant et tu en seras le garant. » m'indique-t-il sans recueillir mon consentement.

L'annonce de cette nouvelle configuration n'a rien de bien encourageant. Si cela semble bienveillant, ce n'est pas mon sentiment. Mon parcours avec cette clé me semble suffisamment prenant… Serait-ce raisonnable d'en ajouter et de m'infliger ce rôle si exigeant ? La conduite d'une équipe est bien différente de la destination vers laquelle je me dirige initialement. Mon profil n'est pas le bon… je n'y crois pas ; je dois décliner cette offre.

« Cela m'effraie ! lui rappelé-je fermement.

— Comment… pourquoi refuser cet arrangement ?

— Cela me semble trop ambitieux, malheureusement.

— Trop ambitieux ? Tu parles comme ces vieux débris paresseux… ton corps n'est pourtant pas si vieux ! »

N'a-t-il réellement rien considéré de ma situation ou a-t-il volontairement omis cette clé rose en plâtre en ma possession ?

« Que voudrais-tu de mieux ? me questionne-t-il, étonné.

— Rien de plus grand que ce que je vis présentement.

— Voyons, ce n'est pas sérieux… il ne faut pas avoir froid aux yeux ! insiste-t-il maladroitement.

— Au contraire, je suis réaliste depuis tout ce temps… Avec ma clé rose en plâtre, il ne m'est plus permis de prendre ces engagements.

— Ne prends donc pas cet air si précieux… » termine-t-il, en insistant.

Il serait inutile de poursuivre cet échange stérile, cela ne mène à rien. Il me faut préserver l'état de ma clé… ne pas insister et revenir auprès des miens où je ne reçois aucun jugement. Sans terminer ce doux thé que j'avais pris sur moi, je me lève et laisse la salle dans son froid.

« Que fais-tu ? me lance le Grand Crin-Hier au moment de quitter son bureau.

— Il m'est difficile de tenir, vois-tu ? lui dis-je avec détresse.

— Ne penses pas à t'enfuir… tu ne le peux pas vois-tu… » me reprend-il, en obstruant ma voie.

Comme une vague du passé, comme un loup qui surgit, je me fige, l'air las, ici face à lui, évitant tout conflit. Ce ne serait pas mon fort, alors j'obéis et m'effondre ainsi.

« Mais… tu ne comprends donc pas ce que je vis ? accusé-je son apathie.

— Non, c'est toi qui ne comprends pas, tu n'as rien à dire ici, tu as juste à obéir.

— Alors je ne vaux rien… c'est ainsi ?

— Tu ne travailles plus pour toi… tu as fait couler ton Café et tu l'as signé par cet acte, avec moi. » finit-il avec mépris.

Dans l'émoi, j'en oublie que ce choix n'est pas à moi… mes mains – déjà bien engourdies par cette clé – sont en effet liées par ce contrat, pour un temps du moins. Me voilà en ce sens à occuper le mauvais rôle, celui du traître et non du partenaire. Ce qui est fait se termine et impossible d'y remédier. Il me faut encaisser, m'écraser et rester à terre pour y rassembler ces miettes laissées derrière. Il me faudra faire preuve de patience ; me mettre à l'arrêt si besoin ? Impossible, je vais me mettre en retard… retourne à ta place et fini ce qui t'embarrasse. Ravale ta fierté et exprime ton regret. Retourne simplement travailler.

« Oui, tu as raison, je… je te prie de bien vouloir m'excuser… lui mens-je à ses pieds.

— Cela arrive, oublions et reprenons le dossier. »

Quelques heures pour rédiger l'annonce et la publier. Elle me semble exigeante et trop peu rétribuée mais qu'importe… je me vois mal à y redire ; le violon irait se remplir.

Quelques jours pour recevoir les papiers et les évaluer. Un me frappe en particulier, tout semble percuter… le Grand Crin-Hier lui préfère un autre, un peu froissé ; qui suis-je pour en juger ?

Quelques semaines pour préparer son arrivée et l'intégrer aux idées. Ses remerciements me tombent dessus… ils finissent par me gêner ; je ne devrais pas être leur destinée.

Quelques mois pour accueillir son travail et l'encourager à continuer. Sa nouvelle voie semble bien s'aligner, sans aucune clé à trimbaler… les portes sont ouvertes ; il avance sans freiner.

Quelques années pour atteindre ma position et me dépasser. Sa situation me perd entre fierté d'y avoir contribué et regret de ne pas l'avoir égalé… ces années me sont difficiles ; est-ce le soin accordé à toute survie désirée ?

CHAPITRE 17

• Disette •

Ma clé rose en plâtre devient ancre, elle m'immobilise au premier degré. Elle me met à l'arrêt, en mal à distinguer l'avenir et pas seulement au sens figuré. Ma vision se trouble en effet et mon esprit se brouille, qu'il soit seul ou accompagné. Le monde avance et me donne le tournis, à m'en faire chavirer.

« Je suis très inquiète, me confie Petite Chouette.
— Oui, comment ne pas l'être ; excuse-moi de tout cela. »

Puisque tout est relatif, la retenue de la clé devenue ancre fait l'effet d'une poussée. Une poussée impalpable à laquelle il est rude de se relever. Une poussée incontournable, peut-être fatale.

« Tout semble se répéter comme à la première inversion.
— Oui, saurions-nous mieux nous y préparer cette fois ? »

Sans référentiel, comment distinguer l'ascension de la chute, autrement que par sa finalité. Sans point de repère, comment différencier l'aller du retour. Sans repaire, comment s'assurer d'avancer. Sans pair, comment s'identifier.

« J'ai besoin de toi… »

Il me faut trouver ce fond, sans lequel la forme n'a rien de bon. Il me faut accepter cette descente, sans quoi l'impact ne peut devenir don. Il me faut atteindre cette fin, sans laquelle ne sera donnée la leçon.

« J'ai très peur.
— Oui, moi aussi. »

Dans tous ses sens, la vie avance ou nous recule. Ne restons pas dans cette danse où tout bascule.

CHAPITRE 18

• Dis oui ? •

« Te revoilà Petit Être, me dit le Grand Cerf-Vologue, probablement surpris.
— Oui, bonjour, comment allez-vous ? » lui réponds-je sans mépris.

Le cabinet n'a pas changé, toujours aussi austère et comprimé. Sans plaisir d'y retourner, sans rancune non plus, j'y vais uniquement pour le consulter. Le Grand Cerf-Vologue ne semble pas étonné de me voir ainsi arriver, dans cet état délabré.

« Intéressant… se dit-il à haute voix.
— Merci, supposé-je.
— Mais je t'en prie. »

Le Grand Cerf-Vologue reste silencieux quelques instants, à explorer mes nouveaux clichés et les comparer aux premiers. Il m'est délicat de lire en lui, d'en déterminer leur intérêt.

« Malheureusement, je n'y vois rien de rassurant, me confie-t-il sans détour.
— Oui, je m'y attendais.
— Il n'y a plus rien ici que je puisse te proposer désormais, j'en suis navré. »

Sans plus de mot, il me tourne le dos et plonge ses doigts dans son clavier, duquel en sort un bout de papier, armé de lettres, adressées au Centre des Maux.

« Voici, Petit Être, me le transmet-il sans émoi.

— Merci, peut-être ?

— Mais je t'en prie.

— Qu'est-ce que c'est ?

— Il s'agit de ton laissez-passer pour le Centre des Maux. »

Le Centre des Maux n'a rien de rassurant finalement ; on y passe et trépasse, dans cette impasse sans place où s'y tasse la masse. Il est souvent le dernier lieu que l'on visite, comme la dernière case du tableau de notre périple. Toutefois, même si je n'en ai pas la foi, ai-je vraiment le choix cette fois ?

CHAPITRE 19

• Dis non ! •

Me voilà face à ce moment inquiétant, face à ce monument effrayant. Me voici dans ma solitude, dans cette cohue où jusqu'ici seules mes angoisses me permettaient de tenir. Les portes du Centre des Maux m'aspirent et ne m'inspirent rien de beau. Des lignes au sol me guident comme pour m'empêcher de m'en échapper. Comme une obligation, je dois me présenter au bureau, échanger mon nom contre un numéro, pour ensuite recevoir l'appel.

« Votre carte de vie, me réclame cet automate.

— Oui, la voici, réponds-je sans espérer de retour.

— Bonne journée, me délivre-t-il avec un ticket pour la prochaine étape.

Ce petit jeu de piste n'a rien de ludique, il suffit de suivre la ligne que la carte indique. Tête baissée, je suis la bande colorée jusqu'au point d'arrivée, un nouveau guichet auquel me présenter.

« Bonjour, le Grand Cerf-Vologue m'envoie ici pour…

— Bonjour, votre ticket je vous prie, me coupe-t-on.

— Oui, le voici.

— Veuillez patienter, on viendra vous chercher. » me précise-t-on en m'indiquant la salle d'à côté.

La foule par ici n'est plus ; si peu de clés à manipuler sans doute, si peu de cas compliqués en outre. Combien de temps me reste-t-il désormais. Les questions se bousculent et animent mes pensées, je reste ainsi assis sans voir le temps passer. Les aiguilles tournent et amènent cette personne, avec son fauteuil, qui se présentent à moi.

« C'est à vous, m'annonce-t-elle en m'invitant à m'assoir.
— Merci, c'est très aimable mais je peux marcher.
— Oui je le vois, pour le moment en tout cas. » insiste-t-elle.

Avec gêne et courtoisie, j'accepte le marché et m'assois. Désormais, je n'ai plus le choix, ce fauteuil me dirige à l'endroit, à quelques étages plus bas.

« Je vous dépose ici, m'informe-t-elle.
— Ai-je le choix ?
— Excusez-moi ?
— Pardonnez-moi… me restaurer, en ai-je le droit ?
— Aucune idée, je ne suis là que pour vous balader. » me balance-t-elle.

Ni café, ni doux thé, avant d'aller raconter ce qu'a fait ma clé. Tel un piège, je patiente ici, mon ancre posée sur ce siège roulant, sur ce sol brillant, priant pour une plus belle vie. Une porte s'ouvre, une voix m'appelle. Un nouveau cabinet où je dois déclarer tout le passé, celui de cette clé en particulier. Le lourd dossier est donné, les nombreux clichés sont scrutés, le verdict est posé, la clé doit être manipulée.

« Ai-je le choix ? » supplié-je à regret.

Un silence illustre la surprise de que produit ma question et me laisse croire à l'impensable. Des idées absurdes commencent à germer quant à l'éventuelle fin d'avoir à se faire manipuler.

« Eh bien… oui, naturellement… quelle question, jamais nous ne vous y obligerons.

— Mais aucune manipulation n'a marché.

— Les pratiques ont bien évolué… il est vrai que celles qui vous avaient été indiquées ne vous seraient plus recommandées désormais.

— Ah oui ? demandé-je sans être véritablement surpris, le Grand Cerf-Vologue semblait pourtant assuré.

— Il nous arrive aussi de nous tromper.

— Ah oui… et pour Jean Carne, mon invité ?

— Oui… disons que celui-ci devrait être mieux contrôlé. »

Comment accepter l'offre qui m'est ici proposée. Pourquoi ne seraient-ils pas encore à se tromper. Si cela est arrivé autrefois, cela arrive donc parfois et probablement une prochaine fois. Toute manipulation de la clé expose au risque de déverrouiller certaines portes, laissant ainsi toute liberté à l'invité. En ce sens, cet invité non désiré qui m'habite ne l'est pas ; il est davantage mon prisonnier et doit le rester, au risque de me dévorer.

« Nous allons dans un premier temps tenter d'alléger votre clé, me propose-t-elle.

— S'agit-il d'une manipulation ? réponds-je aussitôt.

— Pas exactement, disons une simple dissolution de son ancrage… comme un nettoyage.

— C'est donc ponctuel, c'est bien ça ?

— Exactement, ponctuel et universel, cela ne s'applique pas uniquement aux clés. » me rassure-t-elle.

Dissolution prise en quelques journées ; une solution temporaire à l'emprise de ma clé ; une solitude au son des gouttes qui transpercent mon poignet.

Finalement, d'autres clés finissent par arriver… aucune ne semble se ressembler. Quelques mots échangés avec leurs voix me font relativiser sur l'instant donné… sans non plus apporter quelconque encouragement sur la suite des événements. L'une d'elles me confie avoir arrêté toute activité, devenue trop pénible à supporter. Tandis qu'une autre compte bien se former à son tout premier métier, sans penser aux difficultés sur le trajet. Dans cette petite pièce où sont distribuées nos solutions, ces deux voix se font face et m'entourent… siégeant au milieu d'elles, comme témoin de mon passé discutant avec ma destinée.

Le dernier jour, il m'est proposé de me faire manipuler. Le jour d'après, craignant l'invité, je préfère ne pas y retourner.

CHAPITRE -6

• Témoin silencieux •

Dans un coin de mon esprit traîne toujours cette photographie, capturée un jour de pluie, témoin des premières heures d'une vie… la mienne. Une enfant, d'encore seize ans, pose fièrement, avec dans ses mains, son diamant ; elle est Maman depuis seulement quelques instants. Pourtant, personne autour d'elle ne l'a encouragée à me garder ; personne autour d'elle pour la féliciter ; personne autour d'elle non plus pour l'accompagner. Même si celui qui lui en a permis l'a fui, elle reste persuadée que son bébé est la clé ; celle d'un bonheur tant recherché ; celle d'un nouveau foyer. Mais tout n'est pas rose, surtout pas avec cette clé qui en moi se repose.

CHAPITRE 20

• En vain •

Une décennie s'est écoulée… mon échéance est tombée. Toutes ces années sans réelle manipulation, je reste ainsi en sursis avec ma clé, sans distraction. Une dizaine d'années sans trouver le sens de celle-ci, ni la moindre porte à desceller. De prochaines années, sans doute limitées, à retrouver un sens à mes pensées.

Une clé n'a que deux côtés, l'un valide sa destinée, l'autre ne sert qu'à décorer. Pour une clé rose en plâtre, un seul n'apparaît puisqu'à l'utiliser, à l'évidence, celle-ci se briserait. En ce sens, sa première fonction n'en serait qu'éphémère, ne laissant que l'illusion de son attrait. Je dois donc me résilier, accepter la futilité d'essayer de trouver une utilité à ma clé ; je dois me libérer de cette idée. Cette clé rose en plâtre, que je n'ose plus combattre par ces doses acariâtres, me pose en emplâtre vers une vie morose, voire bleuâtre, qui m'impose ce simulacre, cette hypnose, ce théâtre de manifestations noirâtres.

Une résilience, non sans conséquence, face à l'absence de sens. Cette clé sans utilité ne fait que s'abîmer, et me peser, et m'ancrer, à chaque poussée. Toute manipulation ne serait qu'illusion, voire l'exécution de sa libération, celle de mon compagnon, cet espion en préparation de mon invasion. Sans issue à rester dans cette fatalité, sans rien regretter ni même espérer, je n'ai qu'à résister et continuer d'aimer ; rester dans cette sclérose qui me plaque, et patienter… jusqu'à ma fin.

APRÈS-PROPOS

•

Ne lisez pas ce qui suit si vous souhaitez rester dans le récit ; certains secrets y sont révélés… s'ils n'ont pas encore été devinés. Sans vous étonner, vivre à côté de ce qui est normé n'est pas chose aisée… même hors des clichés qui sauraient le déceler. Notons toutefois que cette norme n'est pas toujours la même ici ou là et que le côté du côté semble quelquefois se tenir à l'endroit. Si ce que l'on perçoit procure parfois de l'émoi, cette évidence l'est moins lorsque la différence ne se voit pas… ou pas toujours. Si l'on s'en dit capable, de comprendre l'invisible, c'est que l'on suppose y être sensible mais l'inverse est tout aussi prévisible. Garantir la bonne perception de ce qui n'est pas tangible me semble impossible… au mieux, nous arrivons à nous projeter, suivant nos propres intérêts, voire analyser ou encore estimer ce qui est traversé… mais sans jamais réellement toucher la cible. Finalement, qu'importe le réel sens de ma clé rose en plâtre. Depuis tout ce temps, si elle me pénalise lourdement sans même se montrer, je m'efforce de prendre la vie du bon côté et de ne pas davantage la gâcher… en particulier avec ces autres qui n'ont pas complètement saisi ce qu'elle est. Cependant, n'oublions pas que nous sommes probablement de ces autres et qu'en ce sens, il serait indélicat de leur porter tout préjugé. Malgré d'éventuelles apparences qui marqueraient nos différences, vivons dans la tolérance de toutes nos existences ; profitons précieusement de chaque instant ; aimons-nous, simplement.

CHRONOLOGIE DISCUTABLE

Courage à toutes celles et ceux qui supportent une clé rose en plâtre, ou d'autres maux invisibles voire flagrants, ainsi qu'à leurs proches qui les aident sans faille ni fin… comme toi.

Merci Petite Chouette.

Printed in Poland
by Amazon Fulfillment
Poland Sp. z o.o., Wrocław

41037546R00052